Abelhas

Aos meus pais – Ala e Bogdan

Piotr Socha
Abelhas

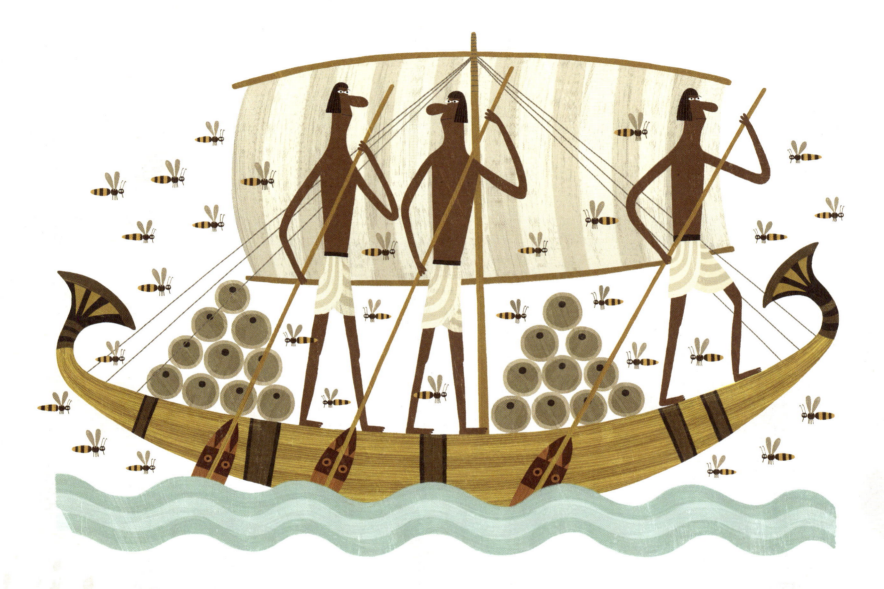

Revisão técnica
Wojciech Grajkowski

Tradução
Olga Bagińska-Shinzato

Quadro I

ABELHAS E DINOSSAUROS

100 milhões de anos! Esse é, por baixo, o tempo que as abelhas habitam o mundo. Como sabemos disso? Foram achados pedaços de âmbar com essa idade e insetos listrados presos dentro deles. Mas os cientistas acreditam que as abelhas surgiram até antes, há aproximadamente 120 milhões de anos. Naquele tempo as plantas estavam aperfeiçoando sua mais nova invenção – as flores. Os insetos famintos buscavam avidamente o seu nutritivo pólen e seu doce néctar e acabavam polinizando as plantas (confira o quadro VIII). Essa cooperação trazia benefícios mútuos, mas no início os descendentes das abelhas não participavam dela. Eram provavelmente animais predadores parecidos com as atuais vespas. Iam até as flores principalmente para caçar outros insetos, que viravam suas vítimas enquanto se alimentavam. Um dia, entretanto, uma vespa chegou à seguinte conclusão: "Já que estou aqui, também vou provar desse pólen delicioso!"

Foi o primeiro passo no caminho para a transformação em abelha. Outra mudança importante foi o surgimento de uma pelugem espessa no corpo do inseto. Foi o que lhe deu uma aparência simpática e delicada, mas trouxe, sobretudo, muitos benefícios para as plantas. Uma grande quantidade de pólen adere aos numerosos pelos, e por isso as abelhas têm uma extraordinária capacidade de polinizar (veja o quadro IX). Quando as plantas perceberam isso, começaram a procurar diversas maneiras de agradar às abelhas. Criaram flores cada vez mais belas, mais cheirosas, mais ricas em néctar e pólen. As abelhas gostaram tanto que viraram vegetarianas, e a proveitosa cooperação entre elas e as plantas dura até hoje.

ANATOMIA DE UMA ABELHA

cabeça

olho da abelha – ampliação

tórax

cabeça

abdome

As abelhas-operárias adultas medem de 12 a 15 milímetros e pesam $1/10$ de grama. Os zangões são um pouco maiores e pesam o dobro. No entanto, são as abelhas-rainhas que atingem o maior tamanho, chegando a medir 25 milímetros de comprimento. A abelha possui antenas na cabeça que têm a função de um órgão sensorial, com receptores olfativos e de tato. Os enormes olhos localizados nas laterais da cabeça são compostos de milhares de olhos minúsculos. Entre eles existem ainda três pequenos ocelos (olhos simples). As abelhas distinguem bem as cores, ainda que de maneira diferente dos seres humanos. Não percebem o vermelho, mas conseguem enxergar o ultravioleta, imperceptível para nós. A "língua" comprida serve para beber o néctar do fundo das flores, e as mandíbulas ajudam na hora de comer e de construir o favo. As abelhas, como todos os insetos, possuem seis pernas, conhecidas como apêndices móveis. Além de servirem para andar, são usadas em todas as outras

atividades. Nelas há escovas especiais com as quais recolhem o pólen dos pelos que forram todo o seu corpo. O pólen é depositado em corbículas, ou cestas de pólen, cavidades nas pernas traseiras, onde é compactado, virando uma bolinha dura. Assim a abelha consegue levá-lo em segurança para a colmeia. As quatro asas parecem ser duas, porque, de cada lado, a asa anterior e a posterior estão interligadas por pequenos ganchos. No voo, as abelhas chegam a bater as asas 230 vezes por segundo e se deslocam a aproximadamente 30 quilômetros por hora. As paredes de um favo são construídas com a cera produzida por glândulas especiais localizadas no abdome das abelhas-operárias. Além disso, o abdome contém um ferrão com farpas e uma bolsa cheia de veneno ligada a ele. As listras no abdome das abelhas, mamangavas e vespas são um sinal que alerta: "Cuidado, eu ferroo!" Assim, o predador que já tentou comer um inseto parecido lembra-se da dor e vai evitar incomodar seus parentes listrados.

Quadro III

TIPOS DE ABELHAS E SUAS FUNÇÕES

A abelha-rainha põe os ovos nos alvéolos do favo.

As abelhas constroem o favo com cera.

Uma colônia de abelhas é um grupo de milhares de abelhas que vivem juntas, unidas por laços de parentesco. Formam uma comunidade muito bem organizada, em que todos têm papéis muito bem definidos. A vida de uma abelha começa no momento em que a mãe de todas (confira o quadro IV) põe um ovo no alvéolo do favo – desse ovo eclode a larva. As operárias a alimentam com geleia real, pólen e mel e depois fecham o alvéolo para que a larva possa transformar-se tranquilamente numa abelha. Quando isso acontece, a jovem abelha eclode, ou seja, rompe o opérculo do seu alvéolo e sai para o mundo como uma nova operária, uma rainha ou um zangão. As operárias começam a carreira como faxineiras que limpam e arrumam os alvéolos do favo. Em seguida são promovidas e passam a alimentar as larvas. Posteriormente são encarregadas de realizar trabalhos mais sofisticados, como receber o néctar e o pólen trazidos pelas abelhas campeiras, pro-

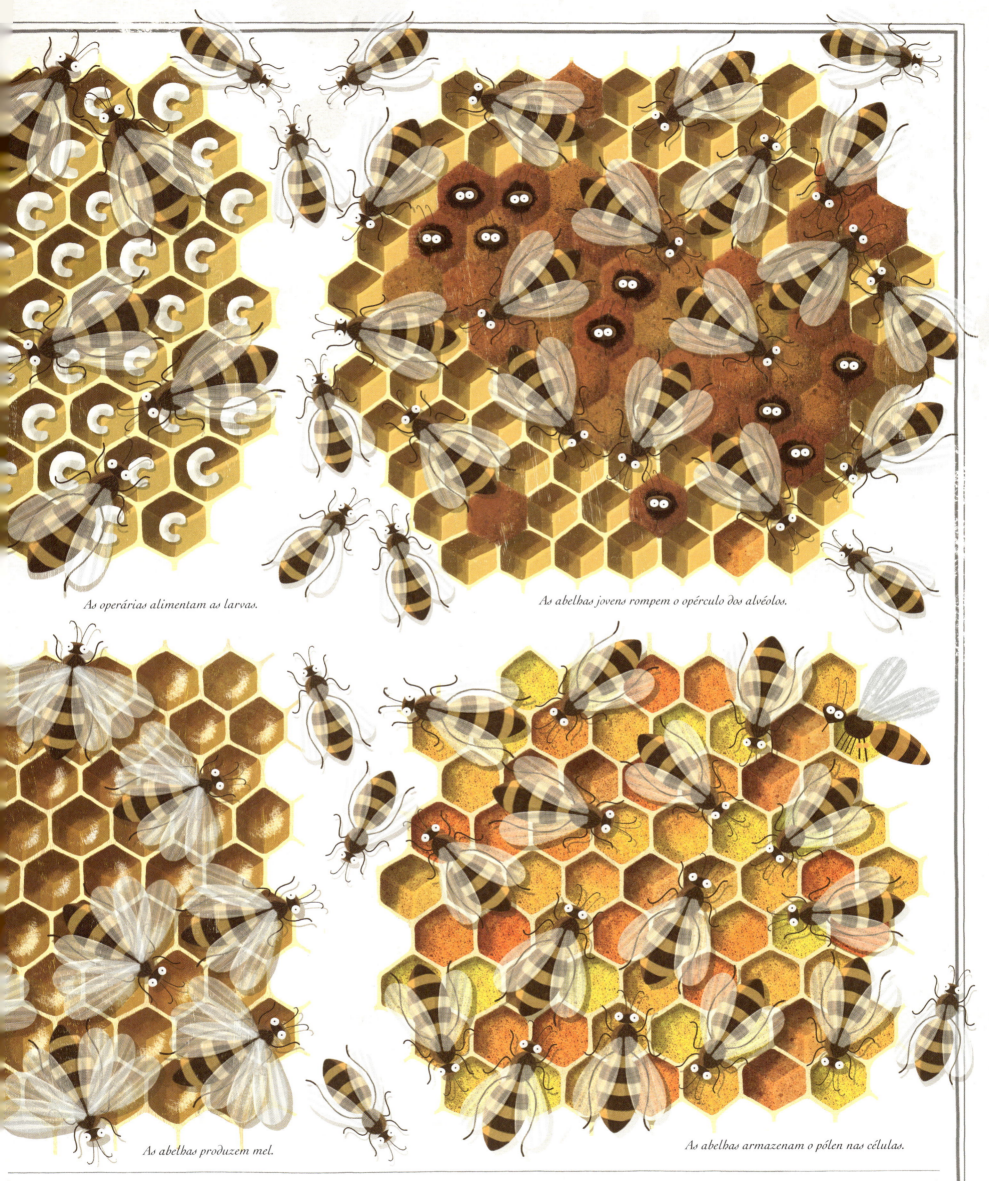

As operárias alimentam as larvas.

As abelhas jovens rompem o opérculo dos alvéolos.

As abelhas produzem mel.

As abelhas armazenam o pólen nas células.

duzir cera, construir favos ou defender a entrada da colmeia. Por fim, são enviadas para fora da colmeia e se tornam abelhas campeiras, responsáveis por coletar néctar, pólen e água. Dedicam-se a essas tarefas até a vida adulta, que costuma durar por volta de cinco semanas. Apenas as operárias que nascem no fim do verão têm uma vida mais longa – conseguem sobreviver na colmeia durante todo o inverno. Os machos das abelhas, isto é, os zangões, têm uma vida muito mais curta. Não trabalham, não coletam alimentos, são inclusive nutridos pelas operárias. Sua única função é fecundar a abelha-rainha, ou seja, ser o pai das novas abelhas. Infelizmente, os zangões que conseguem cumprir a tarefa morrem logo em seguida. Os outros vivem um pouco mais, mas no outono são expulsos da colmeia pelas operárias e morrem de fome.

A ABELHA-RAINHA E A REPRODUÇÃO DAS ABELHAS

A abelha-rainha cercada por sua corte.

Alvéolos com larvas dentro – vista lateral

Durante o voo nupcial, os zangões seguem a rainha, mas só alguns conseguem copular com ela.

A rainha, como todas as abelhas na colônia (confira o quadro III), passa o dia inteiro trabalhando. A única diferença é que ela é responsável apenas pela reprodução. Sua corte, composta de um grupo de operárias que sempre a cercam, a alimentam e cuidam de sua limpeza, é encarregada de todas as outras tarefas. Elas são responsáveis também por lamber uma substância – o feromônio da glândula mandibular – da rainha e espalhá-la por toda a colmeia. Essa substância impede que as operárias, embora fêmeas, possam pôr ovos. Graças a isso, até numa colônia com dezenas de milhares de abelhas, o dito "Mãe só tem uma" permanece atual. Contudo, há vários pais. Quando uma jovem rainha atinge a maturidade, deixa a colmeia e realiza o voo nupcial, seguida pelos zangões atraídos pelo feromônio. Os mais velozes e resistentes alcançam a rainha e copulam com ela no ar, passando-lhe os espermatozoides. Os zangões morrem logo após cumprir o ato. E a rainha recolhe os espermatozoides de mais de uma dezena de machos, pois precisa armazenar uma quantidade suficiente deles no seu abdome. Em seguida, volta para a colmeia

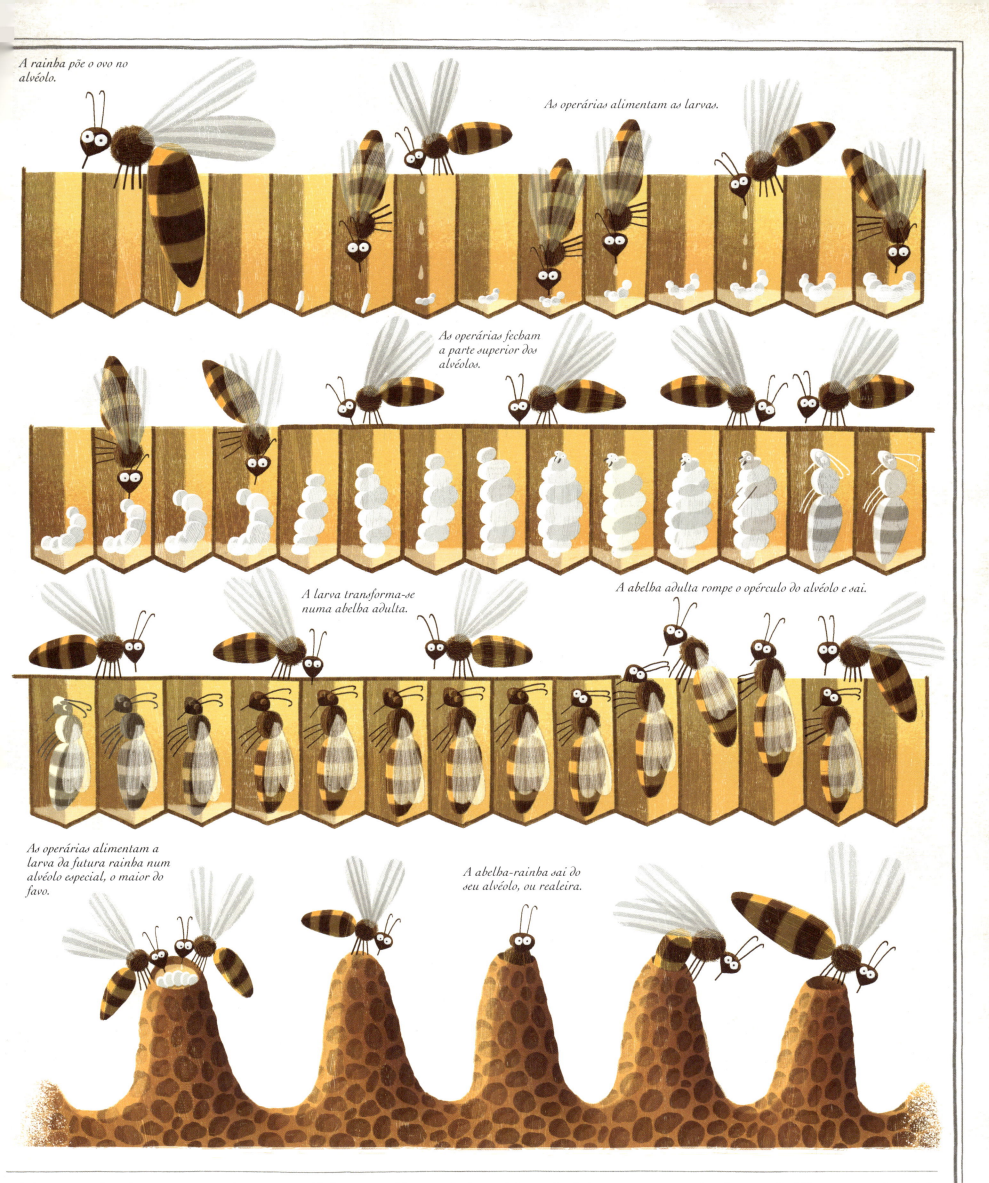

e dedica o resto da vida a pôr ovos. Produz uma quantidade enorme deles – mais de 2 mil por dia. Juntos, eles pesam mais que ela própria. No outono e no inverno, a produção de ovos quase cessa, mas, mesmo assim, durante a vida, a rainha consegue pôr até 1 milhão deles. A maioria será fecundada pelos espermatozoides que armazenou. Dos ovos eclodem novas operárias e, em circunstâncias especiais, novas rainhas. Os zangões, no entanto, nascem dos ovos não fecundados. A abelha-rainha costuma viver de dois a quatro anos, às vezes até sete. Mas um dia enfim ela morre, ou deixa a colmeia junto com o enxame (confira o quadro VI) ou se torna demasiado velha para cumprir suas responsabilidades. Nessa hora a rainha precisa criar sua sucessora. Larvas escolhidas, que em outras circunstâncias virariam operárias, têm sua chance única na vida. São alimentadas com grandes quantidades de geleia real, e só isso é suficiente para que comecem a se transformar em rainhas. A primeira que eclodir e sair do alvéolo se tornará a rainha de toda a colmeia. Depois faz o voo nupcial e inicia a postura dos ovos – tarefa que ocupará toda a sua vida.

Quadro V

A DANÇA DAS ABELHAS

A dança em círculo informa às campeiras que há flores perto da colmeia.

Quando a distância das flores aumenta, a dança em círculo se transforma na dança do requebrado.

A dança do requebrado permite determinar a distância até a flor e a direção em que se deve voar.

O terreno em volta da colmeia é constantemente patrulhado por abelhas em voos de reconhecimento. Quando encontram uma boa fonte de néctar ou pólen, informam às campeiras restantes. Fazem isso dançando sobre um favo de mel. Quando as plantas se encontram perto da colmeia, a abelha campeira faz a dança em círculo. Quando a distância é grande, precisam explicar às suas irmãs em que direção e por quanto tempo devem voar. A dança do requebrado, executada sobre uma trajetória semelhante ao formato do número 8, serve para isso. A dançarina percorre a parte central da trajetória, constituída por uma linha reta, agitando o abdome para os lados. Se nesse momento a abelha subir, significa que, para chegar às flores, é preciso seguir em direção ao Sol; se ela se dirigir para baixo, é preciso voar na direção oposta. Quando a dançarina se movimenta para a direita, informa que é preciso voar à direita do Sol; se ela se movimentar para a esquerda, então é preciso voar à esquerda.

ENXAMEAMENTO

O tempo durante o qual a abelha agita o abdome é uma informação sobre a distância a ser percorrida. Um segundo de agitação corresponde a cerca de 100 metros de distância. A colmeia é um lugar escuro, as outras abelhas não enxergam a dançarina, mas sentem seus movimentos e ouvem o zumbir. Isso é suficiente para entender a informação. Às vezes as campeiras recebem tarefas de maior responsabilidade: achar um local para uma nova colmeia. Isso acontece durante o enxameamento, ou seja, a divisão de uma colônia de abelhas. A abelha-rainha sai da colmeia e pousa no galho de uma árvore. Uma parte das operárias e dos zangões a cercam, formando um denso ajuntamento chamado de enxame. Ao sinal dado pelas campeiras, o enxame muda-se para outro local e lá forma uma colônia. Entretanto, na antiga colmeia, em células especiais – as realeiras –, crescem novas abelhas-rainhas. A primeira a eclodir mata, com seu ferrão, as concorrentes e assume o poder sobre a colônia.

Quadro VII

BIOMIMÉTICA

favo de mel

placa com estrutura de favo

diafragma de câmera fotográfica, inspirado no olho humano

armadura feita de placas de metal que imitam escamas de répteis

prancha de surfe feita de placa com estrutura em forma de favos

robô que se move como uma aranha

O favo construído pelas operárias é composto de milhares de alvéolos que contêm mel, pólen ou larvas. As paredes dos alvéolos são construídas com cera, cuja produção é muito trabalhosa. Por isso, as abelhas procuram economizá-la. O favo precisa ser construído de maneira a que se obtenha uma estrutura resistente e útil usando pouca quantidade de cera. A solução ideal são os alvéolos em forma de hexágono. Formam uma estrutura sólida e forte, mesmo com as paredes muito finas. Além disso, estão firmemente ligados – não há espaços vazios entre eles. As pessoas observaram essa solução criada pelas abelhas e também começaram a usá-la. Encontramos placas com estrutura de favo em todos os lugares onde se necessita de um material leve e resistente, como na produção de peças de aviões, helicópteros, carros e barcos, assim como no escoramento de edifícios, em estantes, portas, móveis, *snowboards*, pranchas de surfe e vários outros

o Estádio Olímpico de Pequim, inspirado num ninho de pássaros

o arranha-céu 30 St Mary Axe, inspirado no esqueleto de uma esponja marinha

arranha-céu Marina City, em Chicago, inspirado numa espiga de milho

a torre Eiffel, inspirada no sistema de trabéculas ósseas

escadas que lembram um caracol

objetos. O favo é apenas uma das muitas soluções da natureza que inspiram os engenheiros. É provável que já as primeiras facas de pedra que pertenceram aos nossos ancestrais tenham sido inspiradas nos dentes dos predadores, e os cestos, nos ninhos dos pássaros. Gustave Eiffel, ao fazer o projeto de sua famosa torre em Paris, imitou o sistema de trabéculas ósseas que formam o fêmur humano, que se caracteriza por uma impressionante resistência. Outros arquitetos inspiraram-se no esqueleto de animais, em caracóis ou nas árvores. A forma aerodinâmica dos aviões e submarinos assemelha-se à dos pássaros e peixes. A natureza também nos dá ideias para criar novos materiais, por exemplo, uma tinta inspirada nas folhas de lótus, que repelem a sujeira, ou uma fita adesiva que imita as patas da lagartixa, que aderem a qualquer superfície. Esse tipo de imitação da natureza é chamado de biomimética.

Quadro VIII

POLINIZAÇÃO

Todas as plantas têm dois objetivos na vida. O primeiro é crescer. E o segundo é criar sementes, das quais nascerão novas plantas. Na maioria das espécies as sementes se encontram nas frutas desenvolvidas pelas flores polinizadas. A polinização é o processo de transferir o pólen do estame para o pistilo. As plantas inventaram várias maneiras de fazê-lo. A mais fácil é a autopolinização. O estame e o pistilo da mesma flor tocam-se e pronto, já está feito. A flor nem precisa se abrir. Mas as melhores sementes se formam quando o pólen provém de outra flor. É óbvio que a planta precisa ser da mesma espécie – por exemplo, uma macieira só pode ser polinizada com o pólen de outra macieira. Mas como transferir o pólen a grandes distâncias? As plantas usam dois principais meios de transporte. O primeiro é o vento. Se uma planta lançar no ar uma quantidade muito grande de pólen, pelo menos uma parte de seus grãos chegará às flores certas. Esse método é usado, por exem-

plo, por gramíneas, carvalhos e bétulas – que não se preocupam nem um pouco com o fato de que todo esse pólen no ar pode causar alergias. O segundo meio de transporte são os animais, sobretudo os insetos, entre os quais há verdadeiros especialistas na polinização – as abelhas. As plantas as incentivam a visitá-las, oferecendo-lhes o doce néctar. O próprio pólen é também um alimento apreciado pelos insetos. Além disso, as lindas cores das pétalas e o cheiro intenso avisam de longe: "Atenção! Restaurante!" No entanto, as próprias plantas dificultam a tarefa de alcançar o néctar pelas laterais da flor. O inseto que quer se alimentar precisa se esfregar nos pistilos e estames – e assim sempre se suja um pouco com o pólen. Depois, quando parte para outra flor, entrega essa encomenda diretamente ao destinatário. O inseto está satisfeito e a flor, polinizada – e assim todos ficam contentes.

Quadro IX

FRUTAS E LEGUMES QUE EXISTEM GRAÇAS ÀS ABELHAS

As abelhas não são responsáveis apenas pela produção de mel. Graças a elas podemos desfrutar de várias outras coisas deliciosas. Sem a ajuda dos pequenos polinizadores muitas plantas não produziriam frutos ou sementes (confira o quadro VIII). Graças às abelhas temos maçãs, peras, ameixas, cerejas ou melancias. Mas não é só isso. Graças à polinização também temos muitos legumes que produzem sementes, como pepinos e pimentões. São chamados de legumes, mas, do ponto de vista da botânica, são frutos, pois contêm sementes, das quais pode surgir uma nova planta. E, quanto às sementes, comemos muitas delas, por exemplo, as de abóbora, girassol ou gergelim, porque são saborosas. Já as sementes do cafeeiro podem ser torradas e moídas e usadas na preparação do café. Tudo graças às abelhas! Além disso, os agricultores também precisam das sementes para semear os campos. Por isso, os polinizadores são igualmente importantes para o cultivo de plantas cujos frutos ou sementes não são consumidos. As raízes de beterraba e cenoura, as folhas de alho-poró e repolho, as flores de couve-flor e brócolis fazem parte de nossa alimentação.

Mas de vez em quando um agricultor precisa poupar alguns desses legumes, deixar que floresçam e esperar que sejam polinizados e produzam sementes. Assim terá o que semear no ano seguinte. É verdade que algumas plantas conseguem se autopolinizar, mas são menos eficazes que as abelhas. O girassol e o cafeeiro autopolinizados produzem poucas sementes, e os frutos do pimentão, do morango ou da romã atingem pequenos tamanhos. As abelhas não são os únicos insetos que polinizam as culturas, mas são definitivamente os mais eficazes. Por isso, não se pode subestimar sua contribuição para a agricultura. De certa maneira ajudam também na produção da carne e do leite. Polinizam a alfafa e os trevos, e assim essas plantas conseguem disseminar muitas das suas sementes nas pastagens. E as vacas adoram a alfafa e o trevo. E, se isso não fosse suficiente, alguns tipos de roupa também são produzidos graças às abelhas. Se não polinizassem as flores do algodão, essa planta não formaria frutos macios. E é exatamente com essa bolinha fofa que se produz o tecido usado nas populares calças jeans e camisetas.

Quadro X

ANIMAIS POLINIZADORES

As plantas são polinizadas por vários animais (confira o quadro VIII). Os besouros (1 a 5, 7, 14 e 20) visitam as flores porque o pólen constitui seu alimento. As borboletas bebem o néctar do fundo das flores por meio de um longo tubo. É o que fazem as borboletas diurnas (6, 8, 18 e 21) e as noturnas, isto é, as mariposas, como, por exemplo, as da família dos esfingídeos (10 e 12). Elas não pousam nas flores, mas pairam sobre elas como um helicóptero e estendem sua longa probóscide para baixo. Os beija-flores – as menores aves do mundo – comportam-se de maneira semelhante (13). Agitando as asas até oitenta vezes por segundo, pairam no ar junto da flor e bebem o néctar através do seu longo bico e de sua língua ainda mais longa. Alguns morcegos também são polinizadores (9). Para alcançar o néctar, eles também usam a língua, que, em uma das espécies, mede uma vez e meia o comprimento do corpo do animal. As maiores flores do mundo

chegam a ter um metro de diâmetro e pertencem à família das raflésias (23). Infelizmente essas flores não podem ser usadas em buquês, porque o cheiro e o aspecto físico lembram carne podre. Graças a isso, atraem enxames de moscas (22), que as polinizam. As mamangavas (17) e várias espécies de abelhas (11, 15, 16, 19 e 24) são ótimas polinizadoras. As mais eficientes são as abelhas melíferas porque atuam em grupo. Se, por exemplo, houver muitas tílias florescendo na proximidade da colmeia, todas as campeiras da colônia combinam de voar só até elas e tratar das outras plantas mais tarde. Esse fenômeno é chamado de fidelidade floral e existe apenas entre as abelhas. Graças a isso, o pólen das tílias chega imediatamente ao local desejado, isto é, a outra tília, e não a uma framboeseira ou a um trevo.

OS PRIMEIROS VESTÍGIOS DO CONTATO DO HOMEM COM AS ABELHAS

As pinturas rupestres encontradas na África, Ásia, Europa e Austrália constituem a primeira prova do contato entre o ser humano e as abelhas. Uma das mais famosas foi achada na Caverna da Aranha, na Espanha. Tem pelo menos 10 mil anos e mostra um homem cercado de abelhas, retirando o mel do seu ninho. Naquela época, as pessoas ainda não sabiam construir colmeias e simplesmente roubavam o mel das abelhas silvestres. Nas pinturas preservadas é possível ver homens subindo escadas para alcançar os ninhos, espantar os insetos com a fumaça das tochas e recolher o mel em recipientes. As abelhas tinham o direito de se sentirem prejudicadas, mas os

homens primitivos não eram movidos pela gula, e sim pelo instinto de sobrevivência. O mel tem 75% de açúcar em sua composição, por isso constituía uma importante fonte de energia, que completava a dieta baseada em plantas e carne. Além disso, nossos ancestrais o consumiam com as larvas achadas nos favos, ricas em proteínas e gorduras. Até hoje, em certas épocas do ano, o mel e as larvas constituem a base de alimentação para algumas tribos africanas. A cada ano, os pigmeus Efe organizam expedições noturnas chamadas "luas de mel" durante as quais pilham os ninhos das abelhas, conseguindo assim até ¾ do total de alimentos que consomem nessa época.

O ANTIGO EGITO

Os antigos egípcios tinham conhecimentos sobre a apicultura. Os desenhos encontrados nos túmulos mostram que já sabiam construir colmeias há mais de 4 mil anos. Em geral, os apiários tinham a forma de recipientes de barro alongados. Essas colmeias não eram muito grandes, mas, empilhadas uma em cima da outra, formavam grandes paredes vibrantes cheias de mel. Os egípcios acreditavam que as abelhas haviam surgido das lágrimas do deus do Sol, Rá, caídas sobre o deserto, e eram objeto de especial veneração. O faraó ostentava o título de "rei das abelhas". A abelha era também o símbolo do Baixo Egito – uma terra fértil, cheia de flores melíferas. Contudo, o mel era raramente consumido pelos egípcios comuns. Era caro e, portanto, considerado uma iguaria dos ricos. Oferecia-se o mel aos deuses e animais sagrados como uma preciosa dádiva, inclusive, ao que parece, àqueles que não gostavam muito dele. Estrabão, o geógrafo e viajante grego que viveu na

virada do século I a.C. para o século I d.C., durante sua estada no Egito testemunhou o ato de alimentar um jacaré sagrado. Segundo seu relato, dois sacerdotes tiveram de abrir à força a boca do animal, enquanto o terceiro a enchia com bolo e mel. Além de ser usado para torturar jacarés, o mel era utilizado na produção de cosméticos. Teria embelezado mulheres famosas, como Nefertiti, esposa de um faraó, e a rainha egípcia Cleópatra. Constituía também um produto muito importante para fins médicos, espe-

cialmente para tratar feridas. Além disso, os egípcios conheciam outros empregos da cera de abelhas. Usavam-na para embalsamar o corpo dos soberanos mortos, selar os recipientes e produzir cola. As estatuetas de cera constituíam um elemento importante dos rituais mágicos. Surpreendentemente, no antigo Egito não existia o costume de usar velas de cera – a proverbial escuridão egípcia era iluminada apenas com lamparinas a óleo.

Quadro XIII

OS DEUSES GREGOS

Hera – esposa de Zeus

Poseidon – deus dos mares

Atena – deusa da sabedoria

Apolo – deus da beleza e da arte

Os gregos antigos consideravam o mel um alimento digno dos deuses. De acordo com suas crenças, os deuses viviam no topo do monte Olimpo, bebendo néctar e comendo ambrosia. Graças a essa dieta, eram imortais. Infelizmente não conhecemos a receita dessas iguarias, mas é possível que o mel seja um dos ingredientes, já que Zeus, o mais importante dos deuses que habitavam o Olimpo, foi criado à base de mel. Quando nasceu, seu pai, o deus Cronos, queria devorá-lo. Mas, a mãe de Zeus, Reia, escondeu o filho numa caverna e deixou-o sob a tutela de pais adotivos incomuns: a cabra Amalteia e a ninfa Melissa. Amalteia alimentava o menino com seu leite e Melis-

Hefesto – deus do fogo

Zeus – o senhor de todos os deuses

Hermes – mensageiro dos deuses

Ártemis – deusa da caça

sa dava-lhe mel. Alguns até acreditam que Melissa era, na verdade, uma abelha, pois seu nome em grego significa exatamente abelha". O nome da melissa, erva medicinal com flores cheias de néctar que as abelhas gostam de visitar, deriva do nome grego. Os simples mortais só conheceram o sabor do mel graças ao filho de Apolo, Aristeu. Esse jovem foi criado por ninfas que o ensinaram os segredos da apicultura, da produção de queijo e do cultivo das oliveiras. Aristeu, por sua vez, passou todos os seus conhecimentos aos homens. Graças a ele, os gregos ganharam não apenas o mel, mas também suas oliveiras e o queijo feta, famosos até os dias de hoje.

ALEXANDRE, O GRANDE

Na Antiguidade, o mel permitia que as pessoas, tanto vivas como mortas, mantivessem uma boa aparência. Alexandre III da Macedônia, conhecido também como Alexandre, o Grande, um exímio comandante grego do século IV a.C., viveu apenas até os 32 anos. Mas durante sua vida curta conseguiu conquistar a metade do mundo conhecido pelos gregos antigos e criar um dos maiores impérios da época. Infelizmente, faleceu durante uma de suas expedições militares, na Babilônia, a mais de 2 mil quilômetros de sua terra natal, a Macedônia. Para que o corpo do falecido não entrasse em decomposição durante a longa viagem de volta para a pátria, foi mantido submerso em mel. No século I, Popeia Sabina, esposa do imperador romano Nero, banhava-se regularmente em leite de jumenta e passava

Quadro XV

POPEIA SABINA

mel no corpo. Assim, tentava prevenir o aparecimento de rugas, clarear a pele e torná-la mais macia. De acordo com Plínio, o Velho, historiador romano que viveu na época, 500 jumentas providenciavam o leite e acompanhavam Popeia em todas as suas viagens. Não se sabe se os tratamentos cosméticos faziam efeito. Contudo, todos os cronistas romanos afirmavam que a imperatriz era excepcionalmente bela.

Mas será que alguém se atreveria a escrever algo diferente sobre a esposa de um soberano cruel e impetuoso? Além disso, Popeia não teve muito tempo para desenvolver rugas – morreu aos 35 anos.

Quadro XVI

OS ESLAVOS

O mel ocupava um lugar importante nas crenças e nos costumes dos antigos eslavos. Uma bebida alcoólica chamada hidromel, presente em todas as festas, era preparada com ele. Pereplut, o deus da água, da dança, do mel e da cerveja, era o patrono das festanças. Durante as festas de Kupala (chamadas também de Pequeno Sabá), o hidromel era consumido e derramado nas fogueiras. Todos os anos, no povoado eslavo de Arkona, na ilha de Rügen, um sacerdote enchia com essa bebida o chifre segurado pela enorme estátua do deus Svetovid. A aparência da bebida servia de base para as adivinhações que prognosticavam a futura safra. Durante a Dziady, festa dos antepassados, oferecia-se o mel aos mortos para que também pudessem desfrutar do seu sabor no além. Quando as antigas crenças começaram a ceder lugar

SANTO AMBRÓSIO

ao cristianismo, os apicultores ganharam um novo padroeiro – Santo Ambrósio, um romano que viveu no século IV. De acordo com a lenda, as abelhas gostaram dele quando ainda era criança. Uma vez, enquanto dormia, apareceram e cobriram seus lábios, mas nenhuma o picou. Aliás, deixaram neles um pouco de mel. Esse acontecimento teria pressagiado que no futuro o pequeno Ambrósio seria um excelente orador. E realmente, quando cresceu, ficou famoso pelos seus sermões e discursos. Aos 34 anos, virou arcebispo de Milão e um dos homens mais importantes na Igreja católica. Foi canonizado após a morte. Na sua família isso não foi nada extraordinário, pois sua irmã Marcelina e seu irmão Sátiro também viraram santos.

Quadro XVIII

NAPOLEÃO E JOSEFINA

As abelhas, embora tivessem o respeito de todos, raramente apareciam em brasões ou distintivos, cedendo espaço às águias, aos leões e aos ursos, menos laboriosos e mais ferozes. No entanto, elas foram reconhecidas por Napoleão Bonaparte, o imperador francês que viveu na virada do século XVIII para o XIX. Ele transformou uma simples abelha num dos símbolos do seu país, inspirado no rei Quilderico I, que tinha governado o país dos francos treze séculos antes. Na tumba do monarca foram encontradas cerca de 300 abelhas fundidas em ouro intricadamente elaboradas. Durante sua coroação na catedral de Notre-Dame, em Paris, Napoleão queria destacar a

sua ligação com o antigo rei das terras francesas. Por isso, ele e a imperatriz Josefina trajaram capas suntuosas adornadas com abelhas bordadas com fio de ouro. Além disso, as pequenas abelhas douradas eram um símbolo perfeito para substituir as pequenas flores-de-lis douradas presentes no antigo brasão da França. Essas flores eram o emblema dos reis da dinastia dos Bourbon, que governaram antes de Napoleão e de quem o novo imperador queria se distanciar. Em pouco tempo, essas flores desapareceram de todos os estandartes, selos e edifícios públicos e foram substituídas pelas abelhas de Napoleão.

CURIOSIDADES SOBRE AS ABELHAS

Número 1 da polinização

A Organização das Nações Unidas para a Alimentação e a Agricultura (FAO) elaborou uma lista de mais de 100 plantas cultivadas que, juntas, são responsáveis por 90% da alimentação em 146 países no mundo. Dentre essas plantas, 71 são polinizadas pelas abelhas, principalmente pelas espécies silvestres.

A diária das operárias

Em um dia, todas as operárias da colônia fazem mais de 150 mil excursões para buscar néctar e pólen.

De flor em flor

Durante a polinização da colza, uma abelha consegue visitar de 15 a 20 flores por minuto. É uma das razões pelas quais são excelentes polinizadoras.

Quanto pode carregar uma abelha?

Uma operária carrega em sua vesícula melífera a quantidade de néctar equivalente à metade do seu próprio peso. Quanto ela precisa trabalhar para coletar essa quantidade de néctar? Depende. Se topar com uma flor cheia de néctar, poderá "encher o tanque". Mas, quando houver apenas flores miúdas por perto, pobres em néctar, precisará percorrer uma distância muito maior. Um pesquisador americano decidiu seguir uma operária enquanto trabalhava num prado. Descobriu que o inseto voltou à colmeia só depois de visitar 1446 flores num período de 106 minutos. A quantidade de pólen transportada nas corbículas também impressiona: pode alcançar entre $1/10$ e $1/3$ do peso da operária campeira.

Um quilo de mel

Foi calculado que, para produzir um quilo de mel, as abelhas precisam visitar alguns milhões de flores, percorrendo, no total, por volta de 150 mil quilômetros. Mais ou menos como se dessem quatro voltas em torno da Terra.

Qual é a origem das abelhas?

Antes que se descobrisse como as abelhas se reproduzem, inventavam-se diversas teorias fantásticas. Na enciclopédia *Livro do Tesouro*, escrita no século XIII por Brunetto Latini, é possível ler que as abelhas surgem da carne em decomposição de um bezerro morto. O autor acrescenta que outros insetos surgem de maneira semelhante – os vespões, de um cavalo morto, as mamangavas, de uma mula, e as vespas, de um asno. Latini sublinha que por esse motivo as abelhas sempre permanecem "puras e virgens" e "dão à luz uma grande prole sem nenhuma luxúria". Acreditava-se também que esses insetos sabiam reconhecer pessoas inocentes. Se uma moça fosse capaz de passar ao lado de um enxame sem ser picada, considerava-se isso uma prova da sua castidade.

Asas feito cordas

Quando um inseto bate as asas durante o voo, o ar que as cerca começa a vibrar e emitir um zumbido característico. Quan mais rápido o bater de asas, mais agudo som produzido. Uma pessoa com ouvido a soluto é capaz de determinar, só pelo zumb do, a velocidade com a qual o inseto agita asas. Os instrumentos musicais funcionar de maneira parecida. Quanto mais rápid as vibrações da corda, mais agudo o som pre duzido.

Bolachas de gengibre e mel

Ingredientes:
280 g de farinha
200 g de manteiga
120 g de açúcar de confeiteiro
1 pitada de sal
100 g de gengibre cristalizado
1 colher de sopa de gengibre em pó
1-2 cm de gengibre ralado (opcional)
5 colheres de sopa de mel

Preparação:

❖ Junte todos os ingredientes, exceto o mel, e amasse rapidamente.

❖ Forme com a massa um rolo de aproximadamente 6 centímetros de diâmetro, enrole em papel filme e deixe na geladeira por algumas horas (ou até uma noite).

❖ Corte a massa resfriada em rodelas de cerca de 5 milímetros de espessura e coloque-as numa forma forrada com papel-manteiga.

❖ Asse durante 15 minutos a 180 °C.

❖ Deixe as bolachas esfriarem e em seguida passe mel nelas, juntando-as de duas em duas.

[Receita do livro de Zofia Różycka, *Alfabeto de bolos*, editora Dwie Siostry, Varsóvia, 2015.]

Uma colherzinha de mel

Para produzir uma colherzinha de mel, é preciso que de 4 a 7 abelhas trabalhem durante toda a sua fase de campeira (confira o quadro III).

Abelhas dançarinas

No quadro V descrevemos como as abelhas campeiras dançam para passar informações sobre as flores encontradas. Mas esse não é o único motivo pelo qual as abelhas se comunicam dessa maneira. Se um alimento com substâncias nocivas for levado para dentro da colmeia, as abelhas começam a se avisar por meio da dança de alerta. Movem-se, então, em uma trajetória em zigue-zague ou espiral, remexendo o abdome. Acontece, às vezes, de uma operária se sujar com alguma substância e precisar de ajuda para limpar o corpo. Então balança de uma perna para a outra, remexe o abdome para os lados, levantando e abaixando o corpo. Essa é a dança da higiene. A abelha que estiver mais próxima da dançarina, apro-

xima-se dela e oferece ajuda. Ela para de dançar, abre as asas e permite que a outra a limpe. A dança de vibração, conhecida também como dança da alegria, baseia-se em movimentos rápidos para cima e para baixo executados com o abdome. Durante o ato, a dançarina segura outra abelha com os membros dianteiros. A dança de vibração indica às operárias a melhor hora para coletar o alimento. Através dela, as abelhas podem, às vezes, influir no comportamento da abelha-rainha – por exemplo, impedir que ela mate as novas abelhas-rainhas ou estimulá-la ao enxameamento.

As abelhas nos antípodas

A Austrália e a América do Norte não eram o hábitat natural da abelha melífera, que foi levada para esses locais pelos colonizadores europeus. No entanto, desde tempos remotos, lá viviam várias outras espécies de abelha. No restante da América também, mas os maias se dedicavam à apicultura ainda antes da chegada dos europeus. Eles conseguiram domesticar pequenas abelhas do gênero Melipona que produzem mel e não picam.

Colmeia neles!

Na Idade Média, as abelhas eram usadas na guerra. Durante um cerco, às vezes os defensores jogavam colmeias do topo das muralhas da cidade sobre as tropas em ataque. As abelhas enraivecidas seriam supostamente mais eficazes quando usadas contra a cavalaria – os cavalos picados deixavam de obedecer aos cavaleiros.

Abelha – ele ou ela?

Na Antiguidade, os estudiosos tiveram muita dificuldade em determinar o sexo das abelhas. Aristóteles, o filósofo grego que viveu no século IV a.C., entendia que o inseto mais importante na colmeia era a abelha-rainha, mas não sabia que era ela que punha os ovos. Considerava-a, portanto, macho e a chamava de "rei". Contudo, tinha dúvidas quanto às operárias. Por um lado, cuidavam da casa e dos filhos, e assim pareciam ser fêmeas. Por outro, carregavam uma arma (o ferrão), o que, de acordo com o filósofo, era típico dos homens. Os antigos estudiosos chineses cometiam o mesmo erro, pois também achavam que a abelha-rainha era um "rei". E chamavam os zangões de "mulheres abelhas". Já que os zangões não saíam da colmeia para coletar pólen e néctar, os estudiosos pensavam que cuidavam do lar, como as mulheres costumavam fazer.

Voo higiênico

Na primavera, quando o tempo começa a esquentar em lugares bem frios, as abelhas fazem o primeiro voo do ano, que dura por volta de meia hora. Saem para, afinal, fazer cocô. Não têm o costume de evacuar dentro da colmeia, por isso precisam se conter durante todo o inverno.

Tempo melado

O surgimento da melada (confira o quadro XXXI) nas coníferas depende muito das condições meteorológicas e normalmente acontece por um curto período de tempo. Contudo, três ou quatro dias de condições adequadas são suficientes para que uma colônia de abelhas colete a melada necessária para produzir mais de uma dezena de quilos de mel.

A terra que emana mel

Na Bíblia, o mel é descrito como um alimento especial. A terra prometida aos israelitas por Deus é repetidamente denominada como "a terra que emana leite e mel", ou seja, uma terra que propicia abundância. O Antigo Testamento também considera o mel como uma das necessidades básicas na vida de uma pessoa junto com a água, o fogo, o ferro, o sal, a farinha, o leite, o vinho, o azeite e a roupa. Sansão, o fortão bíblico, teve uma aventura peculiar com as abelhas. Certa vez topou com um leão. O pobre animal não sabia com quem estava lidando e partiu para o ataque. Sansão o rasgou com as próprias mãos, deixando o corpo morto do animal junto da estrada. Quando passou por lá algum tempo depois, notou que as abelhas haviam feito um ninho na carniça do leão. Recolheu, então, um pouco de mel e levou para seus pais.

Quadro XIX

APICULTURA FLORESTAL

Há milhares de anos, quando quase todo o território da Europa estava coberto de florestas virgens, as pessoas coletavam o mel de maneira semelhante aos ursos. Localizavam um oco de árvore habitado por abelhas silvestres, subiam no tronco e arrancavam os favos, destruindo o ninho. Hoje, os ursos ainda usam esse método. Porém, há aproximadamente 2 mil anos os homens entenderam que valia mais a pena cooperar com os insetos. Mesmo assim, continuavam achando que o melhor lugar para as abelhas era a floresta. Por isso, em vez de levar as colmeias para perto de suas casas, escavavam ocos artificiais nas árvores e incentivavam as abelhas a morar neles. Assim nasceu a apicultura florestal. Um oco habitado por abelhas era chamado de apiário silvícola, e o responsável por cuidar dele, de apicultor silvícola. Para que ninguém pilhasse o mel e aborrecesse as abelhas, o oco era escavado alguns, ou mesmo vários, metros acima do solo. A abertura tinha a largura de 10 centímetros (dentro do tronco o oco se estendia a uma largura de mais de 30 centímetros), altura de 1 metro e profundidade de cerca de 35 centímetros. Assim, só as árvores antigas com troncos grossos, normalmente pinheiros ou carvalhos, eram adequadas para receber os ocos artificiais. Por fora, a abertura

era fechada com uma tábua e deixava-se apenas uma pequena entrada para as abelhas. Junto do oco cada apicultor gravava o próprio símbolo, chamado de sinal de apicultor silvícola, para que não houvesse dúvidas a respeito de quem era o proprietário do apiário. Para facilitar o trabalho nas grandes alturas, usavam-se cordas especiais amarradas em volta do tronco das árvores, com um banquinho e estribos usados para segurar os pés. Os apicultores nunca retiravam todo o mel ou destruíam o ninho. Graças a isso, uma colônia podia sobreviver e dar benefícios no futuro. O apicultor silvícola era responsável também pela limpeza dos apiários e pela proteção deles contra o frio e os animais famintos. Os comilões mais conhecidos na floresta eram, obviamente, os ursos. Contudo, depois de conseguir alcançar o oco, com frequência topavam com uma pesada tora pendurada numa corda, que cobria a entrada do apiário. Para chegar à abertura, o urso precisava afastar a tora com a pata, mas ela voltava com ímpeto, feito um pêndulo, e batia no intruso. Com esse golpe, o urso caía da árvore.

Quadro XX

CÓDIGO PENAL DOS APICULTORES SILVÍCOLAS

Em tempos remotos, o mel e a cera tinham um valor muito grande, por isso os apicultores silvícolas gozavam de grande respeito. Acreditava-se também que as abelhas exigiam integridade e honestidade de quem cuidava delas. Caso contrário, morreriam. Por isso assumia-se, via de regra, que todos os apicultores silvícolas eram homens decentes. Mesmo assim, de vez em quando havia disputas entre eles, que recorriam a um tribunal apícola especial para julgar os casos. Os juízes tinham direitos muito amplos – podiam até condenar um homem à morte. Essa era a sentença proferida por roubar as abelhas de um apiário. Caso fosse comprovado que o infeliz cometeu o crime pela primeira vez, era condenado à forca. E, se tivesse cometido mais roubos desse tipo, o castigo era muito mais severo. Sua barriga era cortada, evisce-

rada, e o coitado era deixado para morrer em sofrimento. As tentativas de pilhar os apiários tinham consequências mortais não só para as pessoas. Um urso tinha sorte quando, durante uma tentativa de roubar o mel, era golpeado e derrubado pela tora que bloqueava o acesso ao oco (confira o quadro XIX) e caía sobre o musgo macio – muitas vezes, podia acabar se encravando nas estacas afiadas que esperavam por ele

ao pé da árvore. Nesses casos o apicultor trazia da floresta não só o mel, como pele, carne e gordura de urso. Aos poucos, as antigas florestas foram sendo substituídas por campos agrícolas. Ao mesmo tempo era cada vez mais comum manter as abelhas em colmeias artificiais. Aos poucos, a apicultura florestal começou a se extinguir. Hoje os apicultores silvícolas são tão raros quanto os ursos.

ESTRUTURA DE UMA COLMEIA

As colmeias atuais se parecem com pequenas casas. Têm telhado (1) e paredes (2), pois as abelhas, como as pessoas, não gostam de passar frio nem de se molhar na chuva. O conjunto é forrado com palha (3), lã de rocha ou isopor. Na parte central de uma colmeia bem protegida, as abelhas conseguem manter a temperatura de 34 °C, inclusive durante um inverno rigoroso. Essa construção protege também a colônia do superaquecimento no verão. Os moradores da colmeia entram e saem por meio de um orifício chamado de alvado (4), que permite a ventilação. As abelhas ficam junto dele com frequência, movimentando as asas feito ventiladores para direcionar a corrente de ar para o interior da colmeia. Dentro da colmeia, as abelhas não constroem os favos em qualquer lugar, mas em quadros especiais (5). Para induzi-las a fazer isso, coloca-se neles cera alveolada (6). É uma lâmina lisa de cera modelada com hexágonos. As operárias constroem sobre eles os alvéolos

do favo, da mesma forma como as paredes de uma casa são construídas sobre as fundações. Depois, o quadro pode ser facilmente removido (7) para dele se extrair o mel numa centrífuga. O apicultor, ao inspecionar os quadros que contêm ovos, larvas e a reserva de alimentação, consegue perceber o que acontece na família de abelhas. É comum que os quadros sejam separados por espaçadores de madeira ou metal (8). Graças a isso, é possível manter espaços livres entre os favos (9), nos quais as abelhas podem se movimentar. Alguns elementos da colmeia são adaptados em determinadas estações do ano. Na primavera e no verão, quando a maioria das campeiras trabalha, o alvado é aumentado para evitar a superlotação. Montam-se também quadros adicionais, chamados de melgueiras, na parte superior da colmeia para que as abelhas tenham onde armazenar o mel. No inverno, o alvado é reduzido para que o vento, ratos ou outros intrusos não invadam a colmeia.

INDUMENTÁRIA E EQUIPAMENTOS DO APICULTOR

Antes de começar a trabalhar com as abelhas, é preciso vestir um uniforme que protege das picadas. O melhor tipo de roupa são os macacões (1) feitos de um tecido natural, leve e de cores claras. Tecidos sintéticos acumulam cargas elétricas, o que irrita os insetos. As abelhas tampouco gostam de tecidos felpudos – talvez as façam lembrar do pelo dos ursos ou de animais que não despertam sua simpatia. As mangas e as pernas do macacão devem ser bem amarradas ou ficar dentro de luvas e meias. Quem já passou pela experiência de ter uma abelha dentro da roupa não se esquece de fazer isso. Um chapéu com máscara (2) protege a cabeça e o pescoço, e luvas grossas (3) protegem as mãos. Um apicultor usa em seu trabalho muitos equipamentos específicos. O fumigador (4) serve para produzir fumaça. No fundo dele, coloca-se serragem ou madeira em decomposição misturada com ervas e põe-se fogo. A fumaça faz as abelhas perderem o olfato temporariamente, impedindo que

sintam os feromônios de alarme secretados pelas guardiãs. Assim, não atacam o apicultor na hora de abrir a colmeia. O formão (5) é usado para separar os quadros (6) e os espaçadores (7) vedados com cera. Em seguida, com uma vassourinha (8) macia, o apicultor retira as abelhas do quadro removido e, com um garfo desoperculador (9) ou com uma faca (10 e 11), abre os alvéolos do favo para extrair o mel. Coloca, então, os quadros numa centrífuga (12), onde o mel pode ser extraído do favo da mesma forma que a água é drenada na centrifugação de uma máquina de lavar roupa. O mel é coado em uma peneira (13 e 14), que retém os restos do favo, e é depositado num decantador (15 e 16). Os favos esvaziados podem ser devolvidos para a colmeia ou colocados numa caldeira (17), onde são aquecidos e transformados em cera. Novas lâminas de cera alveolada são postas nos quadros. Para garantir maior firmeza, é preciso fixá-las com uma carretilha (18) quente aos arames inseridos no quadro.

Quadro XXIII

O TRABALHO DO APICULTOR

O papel do apicultor não se restringe apenas a coletar o mel das abelhas. Ele é também um atencioso protetor desses insetos e, ao administrar sua morada, zela pelo bom estado da colmeia. Graças a isso, seus moradores sempre vivem num ambiente seco, ventilado e limpo. O apicultor verifica o que a família apícola faz e, no momento certo, adiciona mais quadros nos quais os insetos podem armazenar reservas ou cuidar da cria. Ele observa, o tempo todo, a condição e o comportamento das abelhas, e fica atento a qualquer sinal de doença. Na primavera, como um médico que examina um paciente, ausculta a colmeia. Para isso, põe um cano especial dentro do alvado e encosta-o ao ouvido. Um zumbir calmo e constante indica que as abelhas estão bem. Uma agitação excessiva pode ser um sinal de falta de alimentos, e um silêncio profundo é um indício de que a família não sobreviveu ao inverno. No fim do verão, o apicultor vira cozinheiro e administra o xarope de

açúcar a seus protegidos, com o qual as operárias preparam as reservas para o inverno. Caso necessário, ele faz também um nutritivo bolo com mel, açúcar e pólen. Além disso, é o segurança, o administrador e, às vezes, até o motorista (confira o quadro XXX) das abelhas. Ocupa-se então, mais ou menos, das mesmas tarefas que os criadores de outros animais, com apenas uma exceção: não limita a liberdade dos seus protegidos. As abelhas não se deixam acorrentar ou se fechar dentro de um curral. Embora coabitem conosco há séculos, continuam sendo uma espécie semissilvestre e voam para onde querem. Por isso, o ser humano precisa cuidar para que as abelhas – em especial a rainha – estejam satisfeitas com as condições oferecidas. Caso contrário, um dia podem procurar um lugar melhor para viver (confira o quadro VI).

TIPOS DE COLMEIA

Ao longo dos séculos, em diversas partes do mundo, construíram-se diferentes tipos de colmeia. As mais rudimentares, chamadas de cortiços, pareciam simplesmente um pedaço de tronco de árvore cortado junto com o oco e o ninho das abelhas (confira o quadro XIX). Em muitos casos era feito exatamente dessa forma. Os troncos eram colocados nas proximidades das casas e já não era necessário ir à floresta ou subir nas árvores. Era preciso apenas protegê-los com um telhado de palha ou madeira. Além de serem posicionados verticalmente, em forma tubular (15 e 17), os cortiços eram colocados também na horizontal (8). Nos lugares onde faltava madeira, as colmeias eram alocadas em potes de barro (2, 3, 7, 10 e 16). Em outros ainda, as casinhas das abelhas eram feitas de palha, ráfia ou galhos. Na Europa, as colmeias de palha (5, 18 e 20) eram muito populares. Os pequenos alvados ficavam na parte lateral, e o apicultor tinha acesso aos favos pela parte inferior da colmeia.

Para alcançá-los, precisava levantar toda a estrutura. No País Basco, as colmeias feitas de galhos trançados eram cobertas de cocô de vaca, que, depois de secar, formava uma excelente e hermética capa protetora (1). Até hoje, em algumas partes da África, usam-se colmeias alongadas com formato de um cano, feitas tradicionalmente de ráfia (11) ou escavadas num tronco de árvore envolto em palha (9) e colocadas no alto das árvores para serem habitadas por abelhas silvestres. Faz pouco tempo que se começou a produzir colmeias de madeira em forma de barris (12) ou caixas (4, 6, 14 e 19). Depois, foram inventadas as atuais caixas para colmeias, nas quais as abelhas constroem favos em quadros que podem ser removidos (confira o quadro XXI). Hoje, a madeira continua sendo o material mais popular para a construção das colmeias desmontáveis, embora o uso de estruturas feitas de materiais sintéticos ou de metal (13) seja cada vez mais frequente.

Quadro XXV

COLMEIAS FIGURATIVAS

Ao construir colmeias, muitas vezes procura-se criar algo que seja útil e bonito ao mesmo tempo. Provavelmente as abelhas não faziam distinção entre morar em uma casinha simples, feita apenas de tábuas, ou em uma verdadeira obra de arte. Mas acreditava-se que colmeias esculpidas com esmero não só enfeitavam como também traziam boa sorte a um apiário. Antigamente, na Polônia, era muito comum elaborar colmeias decorativas que imitavam figuras humanas. Na verdade, é possível até dizer que eram esculturas de madeira dentro das quais se deixava um pequeno espaço para as abelhas. As figuras de caráter religioso iriam proteger o apiário dos

infortúnios. Por isso, entre as colmeias, era possível encontrar figuras de santos como Ambrósio, o padroeiro dos apicultores (3), e São Francisco, o protetor dos animais (9), assim como imagens de Jesus (1) e de anjos (7). Apareciam, também, outros personagens bíblicos, como Adão e Eva (8). Não faltavam diabos (12), eremitas (5), soldados (10), guardas-florestais (4), pastores (11) e duendes (2). Às vezes, as colmeias emulavam ursos ferozes (6), talvez para espantar os verdadeiros ursos. De qualquer modo, as abelhas que saíam voando de dentro do orifício na sua barriga certamente causavam uma tremenda impressão.

Quadro XXVI

ETIÓPIA

Algumas tribos africanas ainda cultivam o costume de coletar mel da mesma maneira que seus ancestrais. Os habitantes da Etiópia fixam colmeias vazias no alto das árvores para que as abelhas silvestres possam ocupá-las. Normalmente não é preciso esperar muito para que isso aconteça, pois os insetos nativos abandonam com frequência sua moradia à procura de um novo lugar para viver. A dificuldade surge só na hora da colheita do mel. As abelhas africanas são muito agressivas e defendem sua colônia com ferocidade. Talvez por conta de suas experiências negativas no contato com o ser humano. Há milhares de anos as pessoas pilham e destroem os ninhos, por isso lá sobreviveram só os insetos mais valentes. Para não serem picados, os etíopes aparecem de surpresa no meio da noite enquanto as abelhas dormem.

CAMARÕES

Nessas horas apenas o luar e as tochas com as quais os homens espantam os insetos iluminam a escuridão. Outro método é usado em Camarões. Lá, os caçadores de mel usam uniformes estranhos feitos de fibra de madeira. A resina contida nela tem a função de espantar os insetos em ataque. Os camaronenses pilham os ninhos das abelhas silvestres localizados nos ocos das árvores altas. Para subir mais de dez metros pelos troncos, eles constroem andaimes feitos de galhos cortados e amarrados com fibras de ráfia. Depois alargam a entrada do oco com um machadinho, de tal forma que seja possível retirar os favos inteiros. Assim como na Etiópia, em Camarões o mel não constitui a única iguaria. As nutritivas larvas das abelhas também são consumidas com muito gosto.

Quadro XXVIII

ÁSIA

No sul da Ásia vive uma espécie chamada de abelha gigante. Talvez o nome seja um pouco exagerado, já que esses insetos não ultrapassam 2 centímetros de comprimento. Contudo, são realmente muito maiores do que as abelhas-europeias. Seus ninhos, que têm a forma de enormes favos, também são muito grandes – podem alcançar mais de 1 metro de comprimento e conter algumas dezenas de quilos de mel. As abelhas gigantes não vivem em ocos ou colmeias, mas constroem os favos ao ar livre, fixando-os nos galhos das árvores ou nas saliências das rochas. Para proteger o ninho do frio ou dos adeptos do mel, as operárias literalmente cobrem-no com o corpo. Todo o favo está permanentemente coberto por uma grossa camada de insetos adultos sempre prontos para lutar. As abelhas gigantes não se escondem num ninho – o ninho é que se esconde nelas. Mesmo assim, frequentemente viram alvo dos humanos. Os caçadores de mel muitas vezes arriscam a vida

subindo nas grandes árvores ou nos enormes penhascos, suspensos sobre precipícios por cordas ou escadas de cipó. Espantam as abelhas com fumaça e depois cortam e levam todo o favo com eles. É a única forma de conseguir o mel das abelhas gigantes, já que elas nunca foram domesticadas, não só pelo fato de não quererem viver em colmeias, mas também por migrarem de tempos em tempos, como os pássaros que migram no inverno. Antes de a estação chuvosa começar, deixam os ninhos que ocupavam até então e partem para terrenos que abundam em flores. Às vezes percorrem, dessa maneira, distâncias de até 200 quilômetros, fazendo apenas curtas paradas para coletar alimento. Após chegar ao destino, constroem um novo ninho, retornando quando a estação chuvosa termina.

Quadro XXIX

PLANTAS MELÍFERAS

As plantas que produzem grandes quantidades de néctar coletado pelas abelhas são conhecidas como plantas melíferas. Podem ser árvores, como a tília ou a acácia, ou plantas cultiváveis, por exemplo, a canola ou o trigo-sarraceno. Algumas ervas que não são semeadas também são importantes para as abelhas. A vara-de--ouro, por exemplo, cresce nos descampados e é considerada uma erva daninha, mas as abelhas gostam muito dela. O meliloto-branco e o orégano produzem bastante néctar. Numa plantação com área de 1 hectare pode-se produzir mais de 500 quilos de mel. O orégano plantado num campo de futebol de tamanho padrão forneceria a cada um dos jogadores dos dois times dez grandes potes de mel. E sobraria ainda para os árbitros e os reservas. Em outras partes do mundo as abelhas visitam flores mais exóticas. Na Nova Zelândia produz-se mel do néctar do arbusto da manuka, e nos Estados Unidos de uma árvore chamada tulipeiro. Na Austrália um mel muito

conhecido é o de eucalipto, e em muitos outros países que têm clima quente, o mel de laranjeira. Há também plantas, como algumas espécies de rododendro e de andrômedas, que produzem um néctar com substâncias tóxicas, prejudiciais aos seres humanos. As abelhas são imunes a elas, por isso fazem o mel à base do seu néctar. No entanto, se uma pessoa o consumir, poderá passar mal. O mel pode ser produzido também à base da melada formada pelas fezes líquidas de pequenos insetos, como pulgões e cochonilhas, que se alimentam da seiva das plantas, composta principalmente de água e açúcar. O excesso da água com açúcar é expelido por elas e deixado sobre as folhas e os galhos. É possível encontrar muita melada nos abetos ou nas píceas. As abelhas a recolhem e a transformam em mel de melada (ou mel do bosque). É apenas mais um exemplo de que na natureza nada se perde.

APICULTURA MIGRATÓRIA

Para as abelhas, compensa coletar néctar e pólen só quando as flores se encontram a menos de 2 ou 3 quilômetros de distância da colmeia. Caso contrário, o voo é demasiado longo e exige um grande esforço. Contudo, graças ao ser humano, todo ano algumas colônias percorrem milhares de quilômetros de distância. Os apiários migratórios já eram populares no antigo Egito (confira o quadro XII), onde as colmeias eram transportadas pelo rio Nilo em barcos especiais. Os egípcios faziam isso porque as plantas floresciam primeiro no sul do país, e aquelas que cresciam mais para o norte brotavam só depois. Assim, as abelhas flutuantes seguiam atrás das flores. Hoje os barcos foram substituídos por carros. Nos Estados Unidos, as colmeias deslocam-se pelas autoestradas em grandes caminhões. Assim como no Egito, a viagem começa no início da primavera no sul do país, por entre os pomares de laranjeiras que florescem na Flórida ou as amendoeiras na Califórnia. Depois,

os apicultores, junto com seus protegidos, rumam ao norte. Durante alguns meses viajam por entre as plantações de macieiras, melões, abóboras, mirtilos e trevos. Seu lucro não provém apenas da venda de mel. Os agricultores pagam altas somas para as abelhas polinizarem suas culturas. O aluguel de uma colmeia na época do florescimento das amendoeiras custa mais de 150 dólares. Por isso, em fevereiro, milhares de colônias de abelhas de todo o país vão aos pomares da Califórnia, mesmo que o mel de amendoeira seja amargo e difícil de vender. Na Polônia, há também alguns apiários migratórios, mas eles se deslocam a pequenas distâncias. Maio é a época do florescimento da colza, por isso as colmeias são levadas para as proximidades dos campos nos quais essa planta é cultivada. Depois, o apiário é transferido para um local próximo das acácias em flor e, em seguida, das tílias e do trigo-sarraceno. Finalmente, na metade de agosto, as abelhas são soltas nos urzais em flor.

Quadro XXXI

A PRODUÇÃO DE MEL E DE OUTROS PRODUTOS DAS ABELHAS

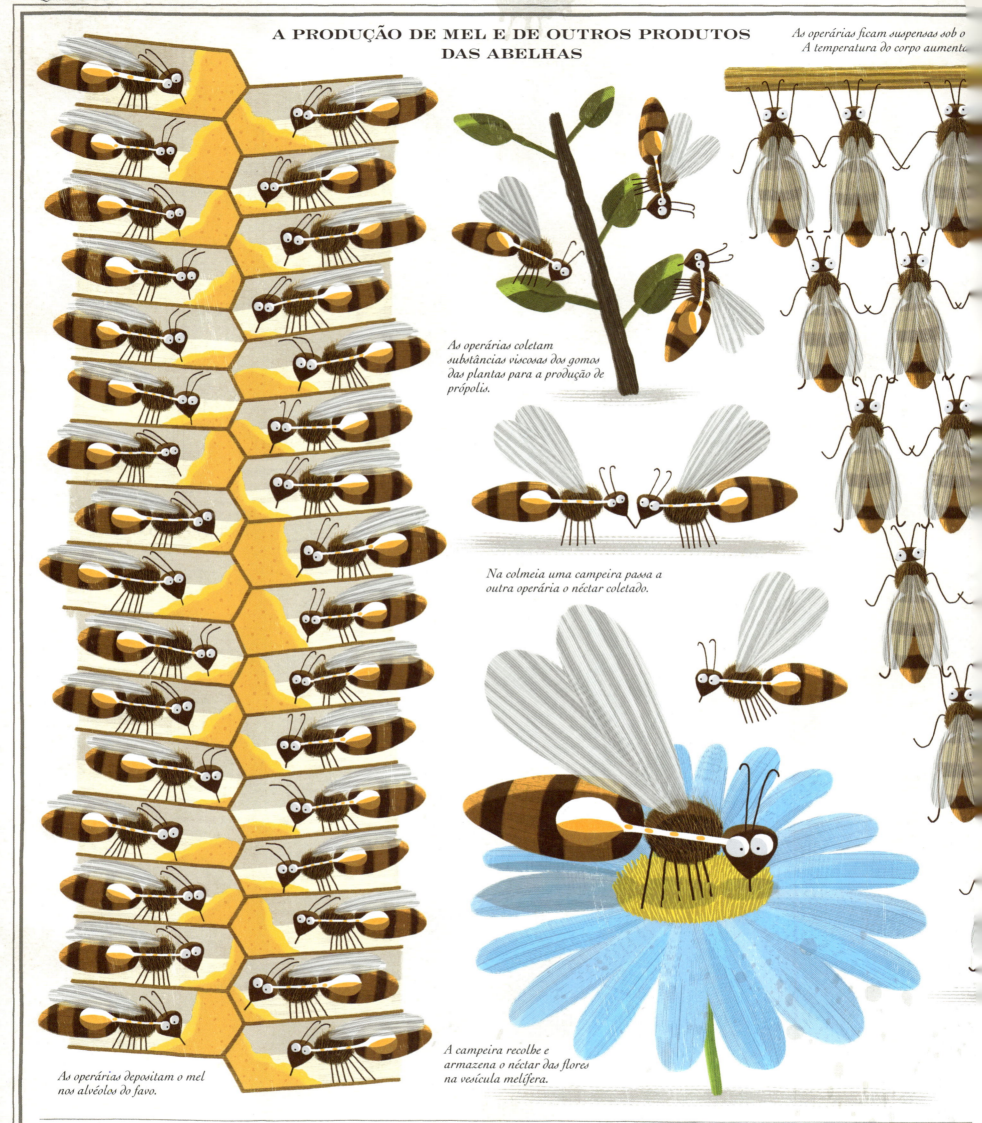

As operárias coletam substâncias viscosas dos gomos das plantas para a produção de própolis.

Na colmeia uma campeira passa a outra operária o néctar coletado.

A campeira recolhe e armazena o néctar das flores na vesícula melífera.

As operárias depositam o mel nos alvéolos do favo.

As operárias ficam suspensas sob o
A temperatura do corpo aumenta

O Ursinho Pooh afirmava que as abelhas fazem mel só para que ele possa comê-lo. No entanto, o mel, na verdade, constitui a reserva de alimentação das próprias abelhas e suas larvas e é tão valioso que não estraga mesmo depois de muito tempo. As campeiras trazem para a colmeia o néctar e a melada na vesícula melífera, uma bolsa especial no esôfago. Elas transferem as gotas doces para outras operárias, que as misturam com saliva e também as armazenam por algum tempo na vesícula melífera. Depois, expelem o produto formado depositando-o dentro dos alvéolos do favo. É isso mesmo – nós comemos com gosto aquilo que foi cuspido por uma abelha. Nos alvéolos, a água do mel imaturo evapora. As operárias aceleram o processo batendo as asas para formar uma corrente de ar seco. O mel maduro não estraga porque contém mais açúcar que água, além das substâncias que dificultam o desenvolvimento de bactérias e fungos. As propriedades antissépticas do mel são aproveitadas há milhares de anos na medicina. Passar mel nas feridas acelera a cicatrização e diminui o risco de infecção. O própolis também possui propriedades antissépticas. As abelhas o usam para selar a colmeia, vedando as fendas desnecessárias. O própolis é feito de várias resinas e substâncias viscosas que as operárias coletam dos gomos e rebentos das plantas. Já a

Uma operária alimenta a futura abelha-rainha com geleia real.

As campeiras voltam para a colmeia com as corbículas cheias de pólen.

Uma campeira recolhe o pólen de uma flor.

As operárias depositam o pólen nos alvéolos do favo.

cera produzida pelas abelhas constitui o material principal da construção dos favos e se forma em glândulas especiais no abdome de certas operárias. Antigamente era um material de grande valor, insubstituível na produção de velas e usado para selar e encerar objetos com o fim de protegê-los da umidade. Hoje, a cera foi substituída por substâncias sintéticas mais baratas, embora ainda seja encontrada em certos cosméticos, por exemplo. O mel não constitui o único alimento das abelhas. As campeiras levam o pólen das plantas, rico em proteínas, para a colmeia. As operárias misturam-no com saliva e mel, e fecham-no dentro dos alvéolos do favo. Lá, à semelhança dos pepinos em conserva, a mistura passa pelo processo de fermentação. Assim se forma o pão de abelha, com o qual se alimentam a larva, as jovens operárias e a abelha-rainha. Mas o alimento mais nutritivo é a geleia real, secretada pelas glândulas hipofaríngeas das operárias. As jovens larvas são nutridas com ela, mas é a futura abelha-rainha que consome a maior quantidade. Aliás, pode-se dizer que ela literalmente se banha nela. Os humanos costumam usá-la na produção de cosméticos ou como "remédio milagroso", embora não se tenha comprovado sua eficácia.

Quadro XXXII

TIPOS DE MEL E PRATOS PREPARADOS COM MEL

Os diferentes tipos de mel produzidos de diversas plantas diferem entre si por sua aparência, sabor e cheiro. Por exemplo, o mel de trigo-sarraceno tem uma tonalidade escura, cor de âmbar e um sabor forte, levemente apimentado. O mel de acácia é amarelo-claro ou cor de creme e possui um sabor delicado. No mel de lavanda ou de urze é possível sentir o aroma das flores de sua proveniência. Já o mel da flor de cebola felizmente perde o cheiro característico durante o processo de maturação. O mel pode ser usado como alimento e também como bebida – mas só depois dos 18 anos! O hidromel é uma bebida alcoólica conhecida há séculos e obtida ao se misturar mel com água e guardá-lo por alguns meses, ou até anos. Nesse tempo, passa pelo processo de fermentação, maturação e ganha um sabor único. Um dos tipos de mel mais caros do mundo é aquele produzido a partir das flores do arbusto da manuka que cresce na Nova Zelândia. Um pote

de 500 gramas custa mais de 200 reais. O mel sempre foi um produto valioso, até mesmo um produto de luxo. Por isso, em muitos países, era usado sobretudo na preparação de pratos festivos. Em alguns lugares é difícil imaginar o Natal sem o pão de mel ou as bolachas de mel. Em Malta, nessa época do ano, há o costume de comer biscoitos de mel em forma de rosca. Já o tender ao molho de mel é um prato tradicional dos ingleses e dos americanos. Os judeus preparam um bolo de mel especial para a festa de Rosh Hashana, o Ano-Novo judaico. Os egípcios comem doces recheados com mel, manteiga e nozes durante as festas. Essa tradição teria nascido ainda na Antiguidade.

INIMIGOS DAS ABELHAS E ADEPTOS DO MEL

Os seres humanos não são os únicos adeptos do mel. Muitos animais também apreciam seu sabor e, por isso, pilham os ninhos das abelhas. É o que fazem os ursos (7), os texugos (9), que vivem na África e são conhecidos como texugos do mel, e as borboletas caveiras (4), cujo nome deriva de um desenho característico no seu dorso. À noite, elas entram na colmeia e furam os opérculos dos alvéolos do favo com seu curto apêndice sugador para esvaziar o mel depositado lá. Outras mariposas, chamadas de traças-da-cera (6), alimentam-se com a cera das abelhas. A fêmea põe sobre o favo centenas de ovos dos quais eclodem lagartas que devoram a cera, destroem o favo e provocam, com frequência, a morte das larvas. A cera das abelhas, assim como as larvas e os ovos encontrados no favo, são a base da alimentação dos pássaros da família dos indicatorídeos, chamados de "guias do mel" (2). Esses pássaros africanos muitas vezes cooperam com os seres humanos na hora de procurar alimentos. Aproximam-se das pessoas e, com seu canto, chamam sua atenção guiando-as a um ninho de abelhas silvestres. Depois que o homem espanta as abelhas com a fumaça, abre

o ninho e retira o mel, o "guia do mel" consome os restos. Essa cooperação existe, provavelmente, há centenas de milhares de anos. É possível alimentar-se também de abelhas adultas. O abelharuco comum as caça com muito gosto. Já o pica-pau-verde (5), no inverno, trata a colmeia como sua despensa. Com o bico poderoso fura facilmente suas paredes. Muitos animais aprenderam que, permanecendo de tocaia perto do alvado (confira o quadro XXI), é possível caçar alguns exemplares de operárias sem correr o risco de lidar com toda a colônia de abelhas. Esse método é, às vezes, usado por guaxinins (13), cuícas (1), cangambás (11), sapos (8) e chapins (12). A aranha-caranguejo das flores (10) fica à espera das abelhas espreitando no meio das flores visitadas por elas. Os vespões (3) também comem as abelhas. No entanto, alguns animais não buscam alimentos nas colmeias. Em vez disso, procuram abrigar-se nelas. Às vezes, instalam-se lá formigas, e no inverno, ratos e musaranhos (14). Esses inquilinos indesejados importunam as abelhas e, além disso, sujam e destroem a colmeia.

Quadro XXXIV

PICADAS

Só as fêmeas das abelhas, portanto as rainhas e as operárias (confira o quadro II), possuem ferrão. As abelhas-rainhas usam-no apenas para matar outras abelhas-rainhas durante a luta pelo poder sobre uma colônia de abelhas (confira o quadro VI). Já as operárias usam-no para se defender, embora nem sempre em benefício próprio, pois quando uma abelha ferroa a pele de uma pessoa ou de um animal grande, já não pode extraí-lo. O ferrão e uma parte das vísceras são arrancados do seu corpo, e ela morre em seguida. Portanto, sacrifica a própria vida pela colônia. Normalmente, uma picada não constitui perigo para o ser humano, salvo nos casos de alergia ao veneno de abelha, de picadas no pescoço ou na língua, ou quando o inchaço decorrente da ferroada dificulta a respiração. Nos outros casos, os problemas são decorrentes da dor e da comichão. As pessoas usam diversos métodos caseiros para aliviar os sintomas. Depois de remover o ferrão, colocam uma rodela de cebola, alho, salsa ou mamão sobre a picada. Outros passam mel, pasta de dente, uma mistura de vinagre com bicarbonato de sódio ou sal grosso no

local. Outros métodos famosos incluem uma compressa de gelo, folha de tanchagem, babosa ou até tabaco. Não há consenso a respeito da eficácia desses métodos todos. Alguns deles foram testados pelo jornalista americano Chip Brantley, que fazia visitas a um apicultor amigo e permitia, voluntariamente, que as abelhas o picassem. De acordo com ele, os métodos mais eficazes foram o gelo e a pasta de dente. O *Guinness World Records* afirma que Johannes Relleke, da Rodésia, foi o homem que sobreviveu ao maior número de picadas. Em 1962, depois de ser atacado por abelhas silvestres, foram retirados 2 443 ferrões do seu corpo. Há também outro recorde que foi batido de forma indolor. Em 2012, o chinês Ruan Liangming colocou pequenas gaiolas com abelhas-rainhas sobre o corpo. Em consequência disso, pousaram nele centenas de milhares de abelhas. O peso total dos insetos (62 quilos) e o tempo que o valentão passou no meio do enxame (52 minutos e 34 segundos) também constituíram um recorde.

Quadro XXXV

EXTINÇÃO DAS ABELHAS E POLINIZAÇÃO MANUAL

A agricultura moderna não é gentil com as abelhas. Para que uma colônia de abelhas possa se alimentar, precisa de fontes de alimentação diversificadas. Nos lugares onde há extensa monocultura, as abelhas não têm o que comer. Mesmo que a planta providencie o néctar, os insetos poderão recolhê-lo apenas na época do florescimento, portanto, no máximo, em algumas semanas por ano. Outra fonte de problemas são os agrotóxicos usados pelos agricultores para eliminar os insetos que destroem as culturas. Infelizmente, dessa forma, as abelhas, que também são insetos, acabam sendo prejudicadas. Há alguns anos, cada vez com mais frequência, os apicultores alertam para a ocorrência do que chamam de extermínio em massa das abelhas. É um fenômeno misterioso, em que a maioria dos espécimes adultos desaparece da colmeia, deixando para trás as larvas nos favos, as reservas de alimentação e a abelha-rainha cercada por um grupo de operárias. A impressão que se tem é

que as campeiras se tornaram incapazes de voltar para casa. Ainda não foi possível determinar por que isso acontece. Os pesquisadores suspeitam que o uso de novos tipos de inseticida, algumas doenças ou parasitas das abelhas podem ser a causa. Os problemas das abelhas acarretam sérios problemas também para o ser humano. A falta dos insetos polinizadores implicaria enormes prejuízos. Só nos Estados Unidos o trabalho das abelhas é estimado em mais de 15 bilhões de dólares por ano e, na União Europeia, por volta de 16 bilhões de euros. Para ver como funciona a vida sem as abelhas, pode-se visitar o condado de Mao, na província chinesa de Sichuan. Os anos de uso de inseticidas e a destruição da fauna natural fizeram com que lá os insetos polinizadores fossem extintos quase por completo. As pessoas precisam fazer o trabalho das abelhas na época do florescimento das macieiras. Elas sobem nas árvores e, com um pincel especial, polinizam individualmente todas as flores.

Quadro XXXVI

COLMEIAS URBANAS E HOTÉIS PARA INSETOS POLINIZADORES

Descobriu-se que as cidades são um bom habitat para as abelhas e outros insetos polinizadores. Nos parques e jardins cultivamos diversas espécies de vegetais, e desde a primavera até o outono sempre se pode achar uma planta em flor. Além disso, nas cidades, usam-se menos inseticidas que nos campos de cultivo. O único problema pode ser a dificuldade de achar um lugar para colocar uma colmeia.

Mas, mesmo faltando um jardim adequado por perto, um apiário urbano pode ser montado sobre um edifício. Há colmeias, por exemplo, no telhado da Ópera de Paris. Na Polônia, existem algumas no telhado do Palácio da Cultura e Ciência, da sede da *Gazeta Wyborcza*, de alguns shoppings e de um hotel. E, falando nisso, não faz muito tempo, começaram a ser construídos hotéis para insetos. Não se trata de

colmeias para as abelhas-de-mel, mas abrigos para outras espécies silvestres que precisam de um lugar seguro para passar o inverno ou para construir um ninho. Não é difícil construir um hotel assim. As abelhas-de-pedreiro gostam de habitar em colmos de caniço e bambu. Um pedaço de madeira com perfurações ou até um tijolo vazado são suficientes. As abelhas-de-pedreiro, de acordo com seu nome, têm o costume de vedar a entrada do ninho. Joaninhas, moscas das flores e outros insetos himenópteros refugiam-se nas pinhas dos pinheiros ou nos caules de plantas cortadas. O bicho-lixeiro habita na palha seca. Embora os pequenos moradores não recompensem a gentileza de lhes providenciarmos uma hospedagem produzindo mel, agradecerão polinizando as plantas nas nossas hortas.

CURIOSIDADES SOBRE AS ABELHAS

Terapia com abelhas

O veneno das abelhas já havia sido usado na medicina pelos antigos egípcios, gregos e chineses. Durante o tratamento, as abelhas picavam o paciente, e o objetivo da terapia era aliviar principalmente inflamações nas articu-

lações. Alguns médicos contemporâneos continuam tratando os pacientes com injeções de veneno de abelha e parece que alguns apresentam melhora no estado de saúde. Contudo, os especialistas advertem que o veneno das abelhas não causa só dor e uma inflamação local, mas também pode provocar uma reação alérgica e levar à morte. Por isso, é preciso lidar com esse tipo de terapia do mesmo jeito que se lida com as abelhas – com o maior cuidado.

Abelhas comilonas

O apicultor não fica com a maior parte do mel produzido pelas abelhas. Ele é consumido pelos próprios insetos. Uma colônia média consome por ano de 70 a 110 quilos de mel e de 17 a 35 quilos de pão de abelha (confira o quadro XXXI).

O néctar tomado como um cafezinho

Uma xícara de café ajuda muitas pessoas a se concentrar no trabalho. Parece que, de certa maneira, o mesmo ocorre com as abelhas. A cafeína, uma substância estimulante contida no café, existe também no néctar de algumas plantas, por exemplo, do cafeeiro ou das árvores cítricas. Pesquisas demonstram que água com açúcar com certo teor de cafeína administrada às abelhas faz os insetos memorizarem melhor essa iguaria. Isso pode significar que, na natureza, elas voltariam com mais frequência às flores que oferecem o néctar com cafeína, o que aumentaria as chances de polinização.

Abelhas-robô

Estudiosos no mundo inteiro estão tentando criar uma abelha artificial, ou seja, um robô voador do tamanho desse inseto. Por enquanto, a equipe da Universidade Harvard conseguiu avançar mais nas pesquisas. Sua RoboBee já consegue levantar voo batendo as minúsculas asas 120 vezes por segundo. Investigações parecidas estão sendo conduzidas em outros centros de pesquisa. O tamanho das futuras abelhas-robô deve se aproximar do tamanho de seus análogos vivos. Além das asas, terão cérebro eletrônico, olhos artificiais e baterias que suprirão o conjunto. Os pesquisadores também querem que os insetos-robô cooperem entre si, como numa verdadeira família de abelhas. Qual seria sua função? Obviamente, não produzirão mel, mas talvez consigam resolver o problema da polinização. Com certeza, teriam uma importância inestimável na hora de recolher informações precisas em terrenos de grandes extensões, por exemplo, dados sobre a poluição do meio ambiente ou acerca das condições meteorológicas. Além disso, poderiam ser úteis como espiões para fins militares.

Bolo de mel

Ingredientes:
5 ovos grandes
¾ copo de açúcar mascavo
¼ copo de mel
½ copo de farinha integral
amêndoas laminadas
doce de leite ou caramelo

Preparação:
Bater os ovos com o açúcar e o mel até obter uma massa espessa. Acrescentar, aos poucos, a farinha. Espalhar a massa numa assadeira untada e assar no forno preaquecido a 180 °C por 40 minutos. Deixar o bolo esfriar, cobrir com o doce de leite e polvilhar com as amêndoas laminadas.

[Receita extraída do livro de Agata Królak, Bolos, biscoitos etc., editora Dwie Siostry, Varsóvia, 2011.]

Sherlock Holmes – criador de abelhas

Todos ouviram falar de Sherlock Holmes. O famoso detetive desvendava com a maior facilidade os mais difíceis mistérios criminais. E o que fez depois de se aposentar? Poucos sabem que... virou apicultor! E escreveu até um guia para criadores de abelhas!

A substituição da abelha-rainha

Às vezes uma colônia de abelhas precisa de uma nova rainha. Nesses momentos, executa-se um procedimento chamado substituição da abelha-rainha. Um apicultor pode criá-la sozinho ou comprá-la numa criação especial. Contudo, primeiro precisa se certificar de que a antiga rainha não está na colmeia. Caso contrário, a nova não será aceita. Aconselha-se também transferir os quadros com a cria (veja o quadro III) para outra colmeia. Dessa forma, impede-se que as abelhas criem neles, simultaneamente, sua própria rainha. A nova abelha-rainha é colocada na colmeia dentro de uma pequena gaiola especial, cuja saída é vedada com um bolo de açúcar preparado para a ocasião. As abelhas comem o bolo e libertam a rainha, o que demora alguns dias. Durante esse tempo, a rainha substituída acaba sendo aceita por todas as abelhas.

Tratamento com mel

Há séculos o mel vem sendo usado na medicina. Algumas de suas propriedades curativas foram comprovadas e não despertam dúvida. Há também outras que são apenas promessas sem garantia, feitas por antigos ou contemporâneos curandeiros e charlatões. O exemplo mais conhecido de um efeito real do mel é sua propriedade de cicatrizar feridas, obtido, sobretudo, graças às substâncias antissépticas contidas nele, que protegem das infecções. Já nas anotações feitas há 4 mil anos pelos sumérios (um povo antigo que habitava a Mesopotâmia) foram encontradas recomendações para passar mel nas feridas. Esse método era usado também no antigo Egito, na Grécia e na Índia. Um mel "cirúrgico" especial continua a ser usado com êxito em vários hospitais até hoje.

Até que número conta uma abelha?

Pesquisas conduzidas por estudiosos alemães e australianos dirigidos por Hans Gross, da Universidade de Wurtzburgo, provaram que as abelhas conseguem distinguir entre desenhos com dois objetos e ilustrações com três objetos. Aliás os insetos conseguem usar o conhecimento adquirido para distinguir desenhos com três de desenhos com quatro objetos.

A emotividade das abelhas

A estudiosa britânica Melissa Bateson, da Universidade de Newcastle, provou que as abelhas conseguem sentir algo semelhante às emoções humanas e experimentar o pessimismo. Sua equipe conduziu uma experiência em que as abelhas foram ensinadas a relacionar certo cheiro com o sabor doce, e outro aroma com um sabor desagradável. Sob a influência do primeiro cheiro, as abelhas esticavam a língua com gula, e sob a influência do outro escondiam-nas com aversão. Em seguida, metade das abelhas era agitada energicamente para provocar nelas um estresse parecido com o que sentem durante o ataque de um predador. A outra metade foi deixada em paz. A seguir, todos os insetos foram apresentados a três novos cheiros, desconhecidos até então. As abelhas que haviam acabado de passar pelo estresse esticavam as línguas com menos frequência. O resultado pode ser comparado à reação de uma pessoa que, após uma experiência traumática, torna-se desconfiada e vê o mundo de forma pessimista.

Abelhas e ciclopes

Virgílio, o poeta romano que viveu no século I a.C., dedicou às abelhas um dos livros das *Geórgicas*, uma obra poética sobre a agricultura. Nele, comparou-as aos ciclopes (gigantes mitológicos) que forjam os raios. Dessa forma, expressou um grande respeito para com os pequenos insetos.

Abelhas contra elefantes

Na África, as pequenas abelhas defendem as plantações dos enormes elefantes. Esses simpáticos animais gostam de visitar as lavouras e comer às expensas do agricultor, destruindo tudo em volta. As pessoas tentam, obviamente, impedi-los, mas é difícil parar animais tão grandes com uma simples cerca. Por isso, começaram a cercar os campos de uma forma pouco usual, cravando estacas no solo e, entre elas, pendurando colmeias e estendendo cordas esticadas horizontalmente. Com isso, se um elefante for invadir o campo, vai esbarrar numa colmeia e balançá-la. Nessa hora, as abelhas irritadas saem da colmeia e picam-no sem piedade. Os elefantes não sofrem grandes prejuízos, mas normalmente perdem a vontade de comer. E o agricultor sai no lucro, pois ganha mel e uma polinização gratuita das culturas.

✳✳

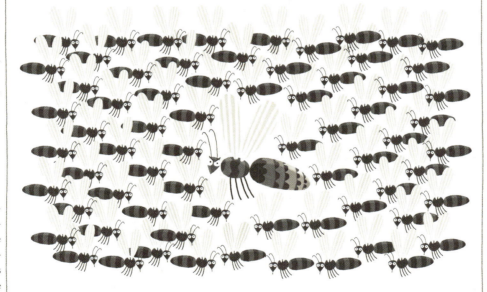

Um método contra as vespas

A vespa-asiática, cinco vezes maior que as abelhas, é um inimigo mortal delas. Esses insetos predadores enviam primeiro alguns espécimes numa missão de reconhecimento, cujo objetivo é encontrar uma colônia de abelhas. Após cumpri-la, um grupo de vespas assassinas parte para o ataque. Já que os ferrões das abelhas não conseguem feri-las, em poucas horas matam todas as operárias na colmeia. Em seguida, apoderam-se do mel e das larvas, com as quais alimentam suas crias. As abelhas melíferas europeias levadas para o Japão permanecem indefesas contra as vespas, mas as abelhas japonesas nativas acharam um método contra elas. Quando uma vespa aparece perto do ninho num voo de reconhecimento, as operárias cercam-na de todos os lados formando um enxame zumbidor em forma de bola. O calor emitido por elas eleva a temperatura dentro da bola a 47 °C, suficiente para assar a vespa viva e impedi-la de avisar as outras.

Um encontro amoroso com as flores

As abelheiras são plantas pertencentes à família das orquídeas que usam um método pouco usual para atrair os insetos polinizadores. Em vez de prometer uma refeição, acenam com um encontro amoroso, pois as flores das abelheiras lembram física e olfativamente as fêmeas de algumas espécies de abelha. Os machos as visitam a fim de encontrar uma bela desconhecida e, assim, polinizam a planta.

Ursos, devoradores de mel

Em várias línguas eslavas, o urso era chamado de "comedor de mel". O termo derivava da conjunção de duas palavras da antiga língua eslava, "mied" e "jed" – "miedjed" –, cujo significado era "melívoro". Esse termo simpático era provavelmente usado em substituição de outro, mais antigo, cujo uso era evitado, pois, pronunciando-o em voz alta, corria-se o risco de chamar o animal feroz num momento inoportuno. Os ursos também eram chamados de "corticeiros", porque pilhavam o mel dos cortiços (confira o quadro XIX).

As abelhas do Barberini

A família italiana Barberini alcançou uma alta posição social no século XVII e usava um brasão com três abelhas. O mais ilustre representante dessa linhagem foi o papa Urbano VIII. Ele encomendou duas fontes em Roma, elaboradas por Gian Lorenzo Bernini (responsável pelo projeto da colunata da Basílica de São Pedro). A primeira delas – a Fontana delle Api – tem a forma de uma concha aberta, cuja parte inferior é constituída de um reservatório de água, e a superior é enfeitada com um laço e três abelhas. Na segunda, o escudo com as três abelhas está localizado na base da fonte. Nas proximidades desses chafarizes há também um palácio projetado por Bernini. Nele, o brasão da família Barberini está exposto na sala de bailes mais representativa.

Esta obra foi publicada originalmente em polonês com o título PSZCZOŁY, em 2015, por Wydawnictwo Dwie Siostry, Varsóvia.
Copyright © 2015, Piotr Socha, para o texto e ilustrações
Copyright © 2019, Editora WMF Martins Fontes Ltda., São Paulo, para a presente edição
Todos os direitos reservados. Este livro não pode ser reproduzido, no todo ou em parte, armazenado em sistemas eletrônicos recuperáveis nem transmitido por nenhuma forma ou meio eletrônico, mecânico ou outros, sem a prévia autorização por escrito do editor.
Este livro contou com o apoio do ©POLAND Translation Program

1ª edição 2019
4ª tiragem 2023

Tradução: Olga Bagińska-Shinzato
Revisão técnica (ed. brasileira): Maria Guimarães
Acompanhamento editorial: Helena Guimarães Bittencourt
Preparação de texto: Ana Alvares
Revisão: Beatriz Antunes / Luciana Veit
Paginação: Katia Harumi Terasaka Aniya
Impresso na Polônia

Dados Internacionais de Catalogação na Publicação (CIP)
(Câmara Brasileira do Livro, SP, Brasil)

Socha, Piotr
  Abelhas / Piotr Socha ; tradução Olga Bagińska-Shinzato. – São Paulo : Editora WMF Martins Fontes, 2019.

  Título original: Pszczoły
  ISBN 978-85-469-0273-6

  1. Abelhas - Literatura infantojuvenil 2. Literatura infantojuvenil em polonês I. Título.

19-27843   CDD-028.5

Índices para catálogo sistemático:
1. Literatura infantil em polonês 028.5
2. Literatura infantojuvenil em polonês 028.5

Maria Alice Ferreira - Bibliotecária - CRB-8/7964

Todos os direitos desta edição reservados à
Editora WMF Martins Fontes Ltda.
Rua Prof. Laerte Ramos de Carvalho, 133   01325-030 São Paulo SP Brasil
Tel. (11) 3293-8150 e-mail: info@wmfmartinsfontes.com.br
http://www.wmfmartinsfontes.com.br